ESTE CUADERNO PERTENECE A:

# RoSa

# ROSA PIONERA

## Y LAS REMACHADORAS RECHINANTES

Andrea Beaty    ilustraciones de David Roberts

ALFAGUARA
INFANTIL Y JUVENIL

Título original: *Rosie Revere and the Raucous Riveters*
Primera edición: agosto de 2020
Publicado originalmente en inglés en 2018 por Amulet Books, un sello de Harry N. Abrams, Incorporated, New York. Todos los derechos reservados, en todos los países, por Harry N. Abrams, Inc.

© 2018, Andrea Beaty, por el texto
© 2018, David Roberts, por las ilustraciones
© 2020, Penguin Random House Grupo Editorial USA, LLC.
8950 SW 74th Court, Suite 2010
Miami, FL 33156
Traducción: Darío Zárate Figueroa
Diseño: Chad W. Beckerman
Adaptación del diseño original de cubierta de David Roberts y Chad W. Beckerman: Penguin Random House Grupo Editorial

www.megustaleerenespanol.com

ISBN: 978-1-644731-85-7

Impreso en Estados Unidos – Printed in USA

Penguin
Random House
Grupo Editorial

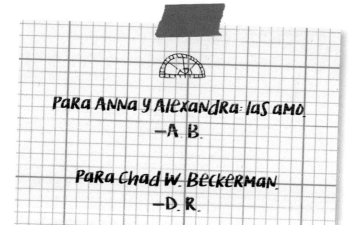

Para Anna y Alexandra: las amo.

—A. B.

Para Chad W. Beckerman

—D. R.

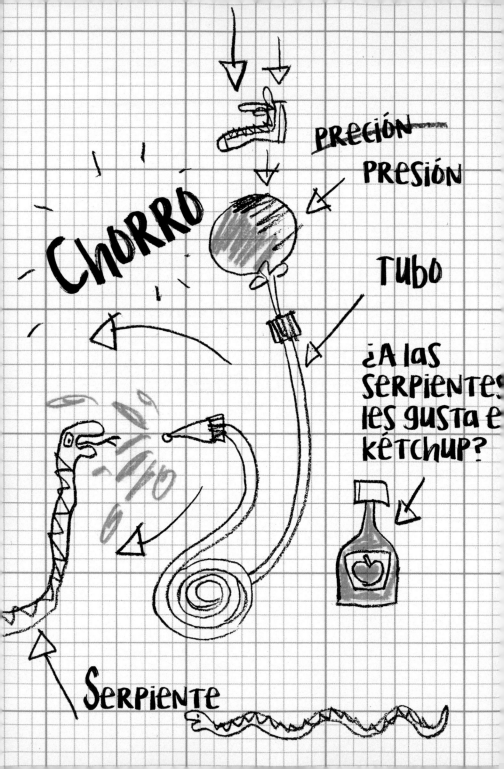

# CAPÍTULO I

Rosa Pionera se puso los lentes de seguridad.

—¿Están listos? —preguntó.

—¡Lista! — dijo Ada Magnífica.

—¡Listo! —dijo Pedro Perfecto.

Desde atrás de la barra de la cocina, alzaron los pulgares.

—¡Aquí va! —dijo Rosa.

Presionó el gran botón rojo del cuentómetro. Una chirriante voz computarizada brotó del altavoz.

—¡CUENTA REGRESIVA!: CINCO...

Rosa se refugió en su cabina de seguridad.

—CUATRO...

Abrió su cuaderno.

—TRES...

Tomó el lápiz que tenía detrás de la oreja.

—DOS...

De pronto, Cachivache entró volando a la cocina y se posó sobre la máquina.

—¡AGÁCHATE! —le gritó Rosa.

Cachivache trinó, enojado.

—¡Ya sé que no eres un pato! —exclamó Rosa.

—UNO...

Los tres niños se lanzaron hacia Cachivache y, justo entonces...

¡PUM!

La máquina explotó.

¡PLAF! ¡PLOF! ¡PLUF!

¡Por todos lados volaron pegajosas plastas de kétchup! Pero Cachivache escapó de la tormenta. Voló más y más alto hasta quedar a salvo. Dio una voltereta y aterrizó suavemente sobre el refrigerador.

—¡Chispas! —dijo Ada, limpiando kétchup de sus lentes protectores.

—¡Caramba! —dijo Pedro, limpiando kétchup de su suéter.

—Mmm —dijo Rosa, dando golpecitos con el lápiz en su cuaderno. Contempló el desastre y escribió una nota rápida:

Hacer Pruebas en la cocina = ¡Mala idea!

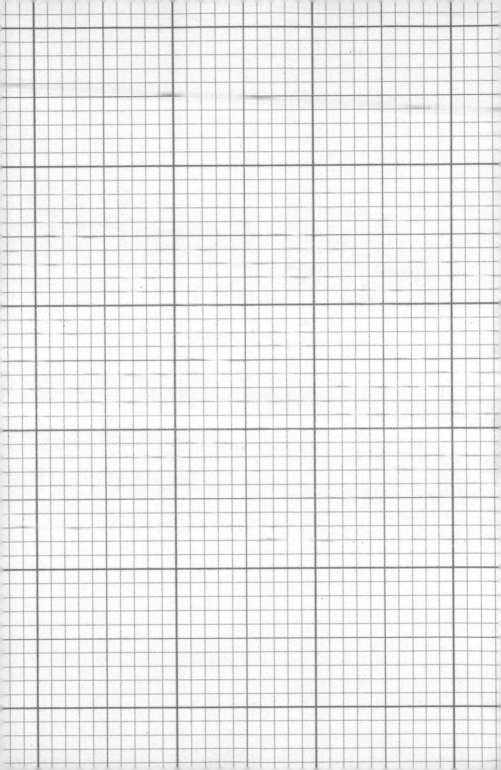

# CAPÍTULO 2

**A**da y Pedro llevaban toda la mañana ayudando a Rosa, que quería inventar algo para su tío Fredo, el guardián del zoológico. El tío Fredo tenía un enorme problema de serpientes... y un pequeño problema de serpientes... y un problema con serpientes verdes... y...

El tío Fredo tenía un problema con TODOS los tipos de serpientes. Todas las serpientes del zoológico lo adoraban.

Salían arrastrándose de sus jaulas y entraban a su oficina. Se escondían en su escritorio, en

sus bolsillos y ¡hasta en su almuerzo! Un día, una serpiente verde llamada Vern se escondió en su sándwich. El tío Fredo pensó que Vern era un pepinillo y ¡casi le da una mordida!

Después de eso, el tío Fredo llamó a Rosa y ella inventó un artilugio para ahuyentar a las serpientes. Lo llamó ahuyentaserpientes. No funcionó. Rosa lo intentó de nuevo. Y otra vez. Y otra. Inventó cinco modelos. Todos fallaron, pero no se rindió. El tío Fredo necesitaba su ayuda.

Rosa había pensado que el ahuyentaserpientes modelo 5 iba a funcionar. Contempló el revoltijo. Sobre la mesa, la serpiente falsa estaba cubierta de kétchup. Parecía una gigantesca papa frita con colmillos. Al tío Fredo no le iba a gustar un invento que dejara kétchup por todo su escritorio: era más fan de la mostaza. Además, el kétchup podía atraer hormigas. Y, tal vez, papas fritas.

Rosa añadió algunas notas sobre la prueba:

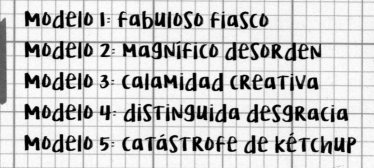

Modelo 1: fabuloso fiasco
Modelo 2: magnífico desorden
Modelo 3: calamidad creativa
Modelo 4: distinguida desgracia
Modelo 5: catástrofe de kétchup

Los tres amigos limpiaron el desastre. Luego comieron sándwiches de miel y mantequilla de maní, y hablaron sobre el fracaso de la prueba.

Después del almuerzo, Ada y Pedro volvieron a sus casas, y Rosa se quedó trabajando. Miró la máquina. Un tubo había explotado a causa de un doblez que obstruía el paso del kétchup. La presión se había acumulado y... ¡PUM!

—¡Ajá! —exclamó Rosa.

Empezó a garabatear ideas para arreglar el problema. El ahuyentaserpientes modelo 6 funcionaría mejor. Estaba segura. Bueno..., casi segura. Solo había una manera de averiguarlo: hacerle cambios a la máquina y volver a probarla.

Estaba a punto de empezar cuando oyó el familiar sonido de zumbidos, ronroneos y repiqueteos, y miró por la ventana. ¡Era su tía bisabuela Rosie! Se puso el lápiz detrás de la oreja, metió el cuaderno en su bolsillo y salió corriendo mientras la tía Rosie aterrizaba el quesocóptero en el patio.

—¡Hola, hola! —exclamó su tía—. ¿Cómo está mi ingeniera favorita?

La tía Rosie se bajó del vehículo y envolvió a Rosa en un fuerte abrazo.

—¡Mi nuevo invento es un desastre! —dijo Rosa.

—¡Brillante! —contestó su tía—. ¡Cuéntame en el camino!

—¿Vamos a alguna parte? —preguntó Rosa.

—Claro que sí, y no hay tiempo que perder —dijo la tía Rosie—. ¡Es una emergencia!

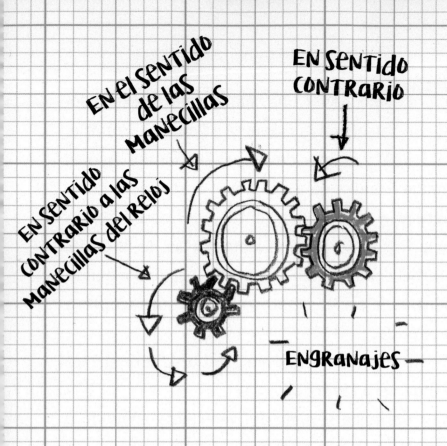

EN el SENTiDO
de las
MaNeCillaS

EN SENTiDO
CONTRARio

EN SENTiDO
CONTRARiO a laS
MaNeCillaS del ReloJ

ENGRaNaJes

APARATOS que TIENEN ENGRaNaJes:

① AUTOS
② BiCiS
③ ReloJes
④ ¡El queSOCÓPTERO!

# CAPÍTULO 3

Rosa se puso el casco y la tía Rosie activó el interruptor. El quesocóptero chisporroteó y se sacudió. Saltó y se zarandeó. Salió disparado hacia el aire... ¡Y se fueron volando!

Volaron sobre el jardín de la vecina.

—¡Guau! ¡Qué maravilla! —dijo la tía Rosie.

En efecto, el jardín de la señora Lu era una maravilla. La señora era una gran jardinera, y se notaba.

Cada año plantaba flores y hierbas para crear un cuadro gigantesco en su patio. Este año, sus

plantas simulaban un ganso gigante. Margaritas, asteres y caléndulas componían la imagen. Altos y esponjosos carrizos de las pampas completaban el cuadro. Se mecían al viento y el ganso cobraba vida.

Rosa miró hacia abajo justo cuando una persona entraba corriendo al cobertizo del jardín. Llevaba una larga bata de trabajo, un amplio sombrero, lentes oscuros y guantes de hule.

Era la señora Lu.

Rosa sabía dos cosas sobre la señora Lu:

1. Era misteriosa: nunca la había visto afuera durante el día sin su traje.

2. Rosa no le caía bien.

Esto último nunca lo había dicho la señora Lu, pero, por otra parte, jamás le había dirigido la palabra. Aunque eran vecinas, la señora Lu ni siquiera la saludaba. Una vez, Rosa la vio en su

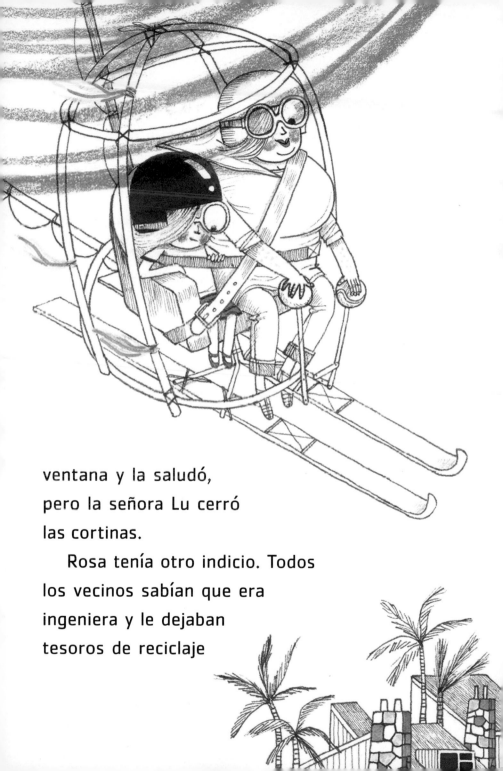

ventana y la saludó,
pero la señora Lu cerró
las cortinas.

Rosa tenía otro indicio. Todos
los vecinos sabían que era
ingeniera y le dejaban
tesoros de reciclaje

en la acera. Pero la señora Lu no: ella colocaba la basura reciclable en cajas que ponía en su porche en vez de dejarlas en la acera. No quería que Rosa las tocara. Por suerte, los recicladores Bee y Beau llevaban las cajas a escondidas al porche de Rosa mientras ella estaba en clases.

Rosa se alegraba de que lo hicieran. Las cajas estaban llenas de engranajes y alambre, herramientas y motores descompuestos. Aunque la señora Lu no era amable con Rosa, sí que tenía basura genial.

La tía Rosie viró el quesocóptero y siguió subiendo.

—¡Uy! —exclamó la tía Rosie—. ¡Me encantan los jardines bonitos!

Rosa volvió a mirar hacia el jardín de la señora Lu, justo en el momento en que un par de manos enguantadas cerraban bruscamente las cortinas.

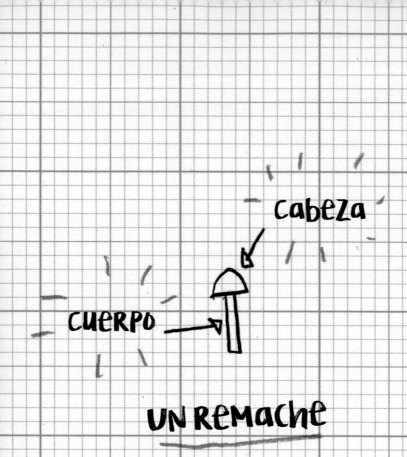

cabeza

cuerpo

UN REMACHE

# CAPÍTULO 4

El quesocóptero pasó sobre la escuela y el puente Pedro Perfecto, y llegó a la orilla del pueblo. La tía Rosie señaló una vieja casa blanca con un amplio porche.

—¡Ahí es donde vamos! —dijo.

Aterrizaron con un ruido seco y bajaron del quesocóptero. La casa necesitaba una mano de pintura y el patio lucía silvestre en comparación con el de la señora Lu.

—¡Ya estamos aquí! —dijo la tía Rosie.

—¿Dónde es "aquí"? —preguntó Rosa.

—Tengo una pregunta mejor: ¿QUIÉN está aquí? —dijo la tía Rosie.

Justo en ese momento, la puerta se abrió de golpe y una mujer alta salió al porche. Llevaba en la cabeza una pañoleta roja con lunares blancos, igual a la que la tía Rosie le había regalado a Rosa.

—¡Ya era hora de que llegaras! —dijo la mujer—. La Jefa está poniéndose nerviosa.

—¿Y qué más hay de nuevo? —respondió la tía Rosie.

Entraron a la casa. La sala lucía desgastada, pero acogedora. En un rincón había un juego de fotos viejas sobre un órgano. Eran imágenes en blanco y negro de mujeres que trabajaban en enormes aeroplanos. Un rostro familiar llamó la atención de Rosa. Era la tía Rosie cuando joven.

—Esas son las Remachadoras de Río Azul —dijo la tía Rosie—. Las más inteligentes, audaces y resistentes constructoras de aeroplanos que jamás se hayan visto.

—¡Y las que mejor bailaban! —dijo la mujer alta.

—¡Y tocaban música! —gritó una mujer desde la cocina.

—¡Dejen de parlotear y traigan aquí a esa niña! —gritó otra voz.

La tía Rosie le dio un empujoncito a Rosa hacia la cocina.

—¡No hagas esperar a la Jefa! —le dijo.

Entraron a una amplia cocina donde cinco mujeres ancianas con tazas de café estaban sentadas en torno a una mesa de madera muy usada.

Cuando Rosa entró, todas vitorearon:

—¡ROSA!

De pronto, Rosa se sintió avergonzada y abrumada. Se le enrojecieron las mejillas y se refugió detrás de su tía. No le gustaba ser el centro de atención.

—Está bien, pequeña —dijo la tía Rosie—. No muerden. Excepto Lettie. ¡Pero solo está probando su nueva dentadura postiza!

La tía Rosie se dio una palmada en la rodilla y soltó una carcajada.

—¡Ay, qué buen chiste!

La tía Rosie rio hasta quedarse sin aliento y los ojos se le llenaron de lágrimas. Rosa se relajó y sonrió. Aunque el chiste no era muy gracioso, la risa de su tía era contagiosa. Pronto, todas las mujeres estaban riendo. Al igual que la tía Rosie, eran ruidosas y estaban llenas de alegría. Se podía decir que eran rechinantes. Y Rosa Pionera decidió que le caían muy bien.

Una mujer en silla de ruedas carraspeó y las demás se quedaron calladas de inmediato. Todos los ojos se volvieron hacia Rosa, que sintió que se le retorcía el estómago.

—¿Y bien? —preguntó la mujer—. ¿Qué vas a hacer?

Rosa miró a su alrededor, nerviosa.

—¿Sobre qué? —preguntó.

—¿Qué vas a hacer con la emergencia? —preguntó la mujer—. Después de todo, por eso estás aquí.

cosas pendientes para hoy

IR a la tienda de ~~arkeologia~~ arqueologia

con Ada y Pedro.

# CAPÍTULO 5

**D**enle un minuto —dijo la mujer alta, guiñándole un ojo a Rosa—. ¡Ni siquiera sabe quiénes somos!

Le tendió la mano a Rosa.

—¡Soy Lettie McCallister! —dijo—. Y ellas son mis hermanas Heddie y Betty. Hacemos música.

Dos mujeres vestidas de rojo saludaron a Rosa. La que estaba sentada junto a Betty sonrió y dijo:

—Rosa y yo somos viejas amigas.

Bernice era la tía abuela de Ada. Era dueña de la tienda de arqueología situada en la plaza del

pueblo. La tienda se llamaba A Excavar y estaba llena de objetos antiguos de todo el mundo.

—Rosa, Ada y su amigo Pedro me visitan todo el tiempo. ¡Estos niños están tan llenos de ideas y preguntas que les puse un apodo! ¡Los llamo los Preguntones!

—¡Oh, eso me gusta! —dijo la tía Rosie.

Las otras mujeres asintieron.

A Rosa también le gustó. Visitar la tienda A Excavar era siempre una aventura, y Bernice tenía muchas ideas y preguntas. Era una de sus personas favoritas.

—Tengo nuevos tesoros en la tienda, Rosa —dijo Bernice—. ¡Lleva a Ada y a Pedro para que los vean!

—¡Lo haré! —respondió Rosa.

—¡Tenemos otra cantante en el grupo! —dijo Betty McCallister—. Ella es Marian y canta ópera. ¡Ya verás cuando la escuches!

—Un placer conocerte —dijo Marian.

Era formal y elegante, tenía el cabello platea-
do, traía un collar de perlas y sus ojos brillaban.
Le sonrió a Rosa.

Rosa le devolvió la sonrisa.

—Y por último —dijo la mujer en silla de ruedas—, yo soy Eleanor, pero puedes decirme Jefa.
Todas me llaman así.

—¡Porque eres mandona! —bromeó Lettie.

—Hablo claro y me aseguro de que las cosas
se hagan —dijo la Jefa—. Si eso me hace mandona, ¡está bien! ¡Estoy demasiado ocupada como
para que me importe!

Las Remachadoras vitorearon.

La Jefa sonrió.

—Somos las Remachadoras de Río Azul
—dijo—. Trabajamos juntas en la fábrica de aviones B-29 durante la Segunda Guerra Mundial.
Construimos más aviones de los que puedas imaginarte. Marcamos la diferencia cuando era más
necesario. ¡Y seguimos poniendo de nuestra parte!

—¡Ustedes son las mujeres de la foto! —dijo Rosa—. Pero ¿dónde están las otras?

—Fue hace mucho tiempo, querida —respondió Marian—. Hemos perdido a muchas amigas —su voz se apagó.

—Muchas —dijo Lettie.

Las Remachadoras levantaron sus tazas de café con una mano y golpearon la mesa con la otra.

— ¡Por las amigas! —exclamaron.

# CAPÍTULO 6

Al cabo de un instante, la Jefa volvió a dar un manotazo en la mesa.

—Las hermanas McCallister nos dejan usar su casa como si fuera nuestra —dijo.

—¡También es de ustedes! —dijo Betty—. ¡Nos conocemos desde hace tanto tiempo que somos familia!

A Rosa le gustó eso. Vivía con todas sus tías y tíos, y sabía que las familias vienen en todos los tamaños.

—Siempre nos ayudamos cuando hay una emergencia —dijo Lettie.

—Y a veces nos reunimos solo para bailar —dijo la tía Rosie.

—¡Sí, eso hacemos! —exclamó Heddie y marcó el ritmo repiqueteando en su taza de café. Lettie y Betty empezaron a cantar una alegre canción que hablaba sobre sacudirse y saltar. Las Remachadoras se mecían y batían palmas.

*¡PUM!*

La Jefa dio un fuerte manotazo en la mesa y todas callaron.

—¡Remachadoras! ¿Ya olvidaron nuestra emergencia? —dijo la Jefa—. ¡Tenemos que ayudar a June!

—Perdón, Jefa —dijo Heddie, que no parecía lamentarlo mucho—. Me dejé llevar.

—¡Entonces déjate traer de regreso! —exclamó la Jefa—. Puedes empezar por explicarle a Rosa lo que ocurre.

Heddie y las Remachadoras le hablaron a Rosa sobre June, la artista del grupo. Durante la guerra,

June pintaba las narices de los aviones. Desde entonces, cada año había pintado en el concurso de arte del Festival de Río Azul. Para ella, era el acontecimiento más importante del año.

Unos meses atrás, June había sufrido un accidente y se había fracturado ambas muñecas. Sus brazos todavía estaban enyesados.

—¿Cómo puede pintar enyesada? —preguntó Rosa.

—Eso depende de ti —dijo la Jefa muy seria.

La tía Rosie le entregó un volante.

## ARTE SIN FIN

SÁBADO 9:30 A. M. REUNIÓN EN LA BIBLIOTECA DEL PUEBLO PARA

ANUNCIAR EL TEMA DEL CONCURSO.

2:00 P. M. EMPIEZA LA DELIBERACIÓN DE LOS JUEVES.

LOS ARTISTAS DEBEN PINTAR SOLOS.

¡LOS EQUIPOS DE APOYO PUEDEN PREPARAR, LIMPIAR Y ANIMAR!

NO SE PUEDE USAR ELECTRICIDAD.

—June lo está pasando mal —dijo la tía Rosie—, así que vamos a darle una sorpresa. ¡Es supersecreto! Nos turnaremos para mantenerla ocupada. Luego la inscribiremos en el concurso sin que sospeche nada.

—Todas pondremos de nuestra parte —dijo la Jefa.

La sonrisa de la Jefa se desvaneció y miró fijamente a Rosa.

—¿Qué tal tú, Rosa? —preguntó—. ¿Vas a poner *tu* grano de arena?

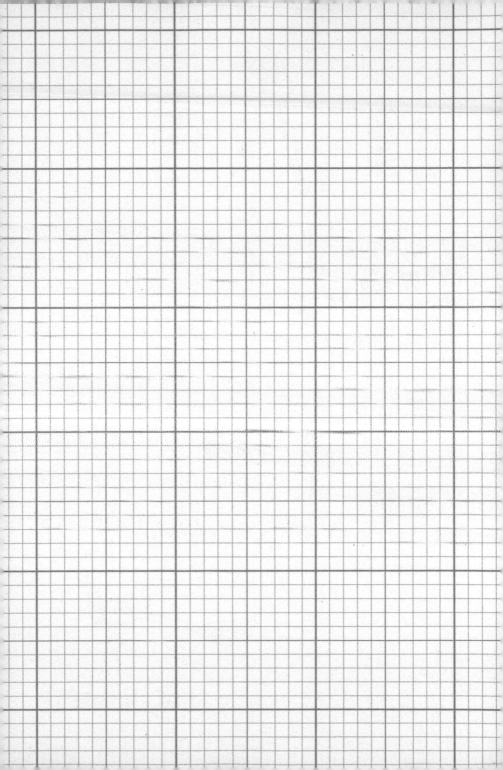

¿OTRAS FORMAS de
SUJETAR UN PINCEL?

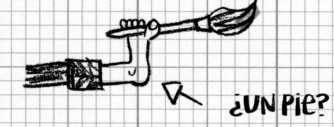

¿UN PIE?

¿LOS dIENTES?

# CAPÍTULO 7

Rosa asintió.

Leyó el volante otra vez.

—Los artistas tienen que crear el arte por sí mismos —dijo—. Si no puedo ayudar a June a pintar, ¿qué puedo hacer?

—¡Eres ingeniera! —dijo Lettie—. ¡Inventa algo!

El arte de June sale de su corazón —dijo Marian—. Simplemente necesita herramientas para ayudar a sus manos.

—¡Pero solo faltan dos días para el concurso! —dijo Rosa.

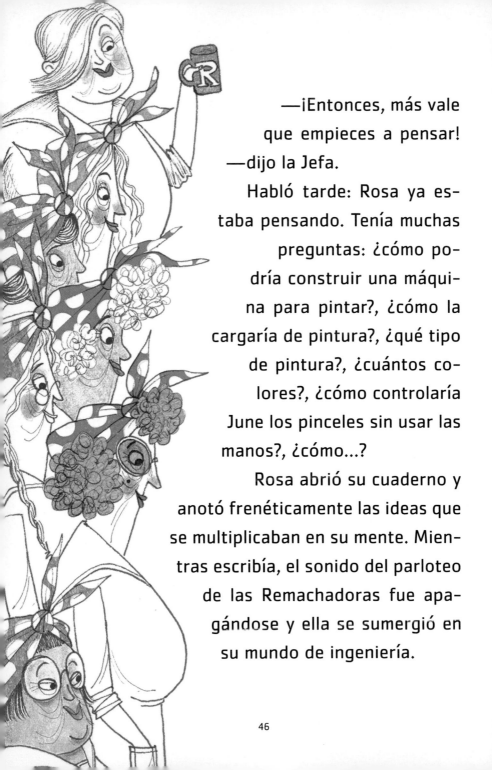

—¡Entonces, más vale que empieces a pensar! —dijo la Jefa.

Habló tarde: Rosa ya estaba pensando. Tenía muchas preguntas: ¿cómo podría construir una máquina para pintar?, ¿cómo la cargaría de pintura?, ¿qué tipo de pintura?, ¿cuántos colores?, ¿cómo controlaría June los pinceles sin usar las manos?, ¿cómo...?

Rosa abrió su cuaderno y anotó frenéticamente las ideas que se multiplicaban en su mente. Mientras escribía, el sonido del parloteo de las Remachadoras fue apagándose y ella se sumergió en su mundo de ingeniería.

A Rosa le encantaba la ingeniería: la hacía más feliz que cualquier otra cosa. Su parte favorita era el inicio del proceso.

Anotó sus ideas y entonces se dio cuenta de que todo estaba en silencio. Dejó de escribir y levantó la mirada. Siete Remachadoras sonrientes la observaban.

Alzaron las tazas en un brindis silencioso en su honor.

—Te dije que podía —dijo la tía Rosie.

—Sí que puede —dijo la Jefa—. Sí que puede.

Rosa sintió que se sonrojaba, pero esta vez no se escondió detrás de su tía.

Rosa Pionera miró a las Remachadoras sonrientes y les devolvió la sonrisa.

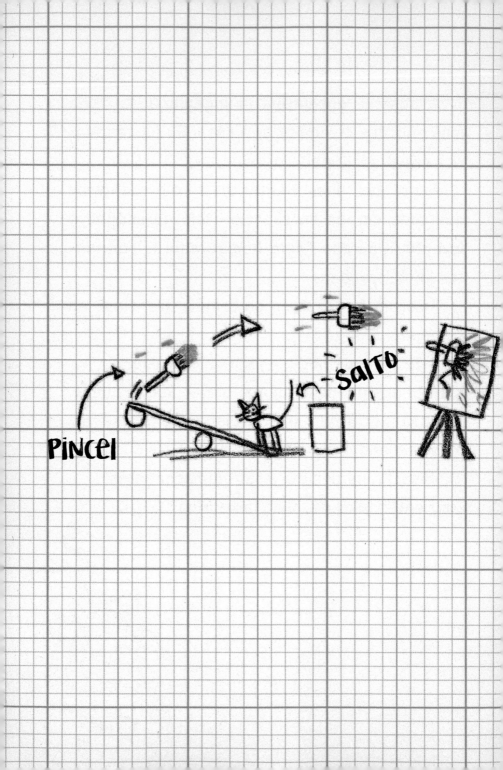

Pincel

SaITo

# CAPÍTULO 8

¡Dos días!

Rosa tenía menos de dos días para inventar un artilugio que ayudara a June. La tarea casi excedía su imaginación, pero eso no le impidió intentarlo.

Cuando llegó a casa, fue directo al desván. Sentía que se acercaba una tormenta. ¡Una tormenta de ideas!

A Rosa le encantaba hacer lluvias de ideas. Todo era posible, incluso las ideas más locas y raras. A veces, sus ideas más raras la llevaban a pensar de una manera nueva o resolvían pequeñas partes de un gran problema. Ella anotaba todas las ideas en su cuaderno.

¿Y si construía una máquina de pintar activada por gatos? Necesitaría muchos gatos. Y leche. Probablemente no funcionaría. Después de todo, los gatos siempre se van corriendo o se quedan sentados como bultos perezosos. ¿Cómo podría lograr que un gato flojo activara una máquina de pintar?

De todos modos, bosquejó su idea.

¿Y si hacía un lanzador de pintura que utilizara una pequeña catapulta para arrojar bolas de pintura al lienzo?

¿Qué tal si combinaba las dos ideas y construía una *gatapulta*? ¿Les gustaría a los gatos? ¿Cómo se vería? Rosa la dibujó.

Tenía muchas preguntas: lo que NO tenía era tiempo. Si su lluvia de ideas se alargaba demasiado, no podría construir el invento y probarlo.

Lo de la prueba era complicado. Recordó la explosión de kétchup y el desastre que...

"¡Un momento!", pensó Rosa. Una nueva pregunta surgió en su mente. ¿Podría servir el ahuyentaserpientes? ¿Qué tal si lo usaba para bombear pintura en vez de kétchup?

Rosa decidió que ese era un buen punto de partida. El ahuyentaserpientes usaba una pequeña bomba del estanque del jardín. Funcionaba con baterías y era muy pequeño, pero podía usarlo para idear el mecanismo para pintar. Después de eso, podría pensar en cómo bombear la pintura sin usar una batería. Paso a paso, resolvería el problema.

Sonrió.

Había llegado el momento de pasar a la siguiente etapa del proceso: ¡el diseño!

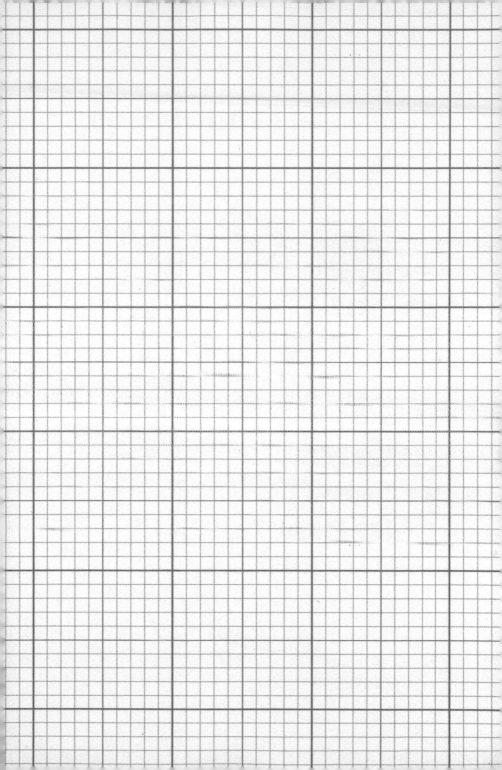

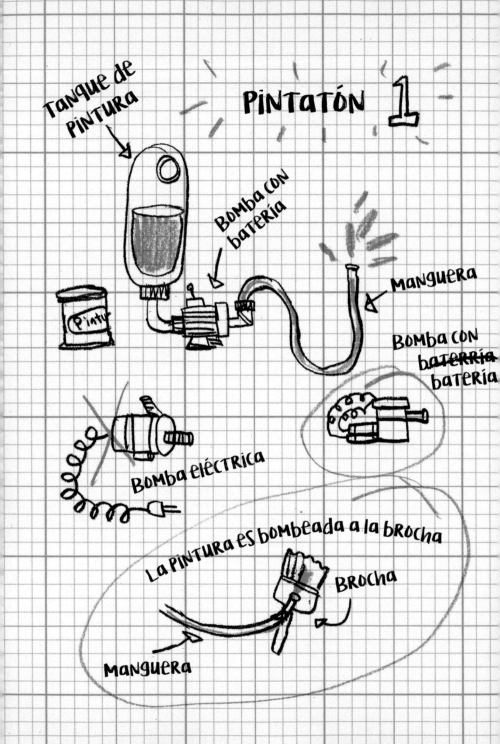

TANQUE DE PINTURA

PINTATÓN 1

BOMBA CON batería

MANGUERA

Pintu

BOMBA CON baterría batería

BOMBA ELÉCTRICA

La PINTURA es bombeada a la brocha

BROCHA

MANGUERA

# CAPÍTULO 9

La lluvia de ideas era la parte favorita de Rosa, pero también lo era el diseño. ¡Y la investigación! ¡Y la creación de prototipos! ¡Y las pruebas!

En realidad, no podía elegir su parte favorita de la ingeniería. Eso sería como elegir su queso favorito. ¿Cómo podría alguien escoger solo uno y por qué querría hacerlo?

Rosa se ató la pañoleta. Dejó caer un montón de tesoros ingenieriles en la mesa, junto al roto ahuyentaserpientes modelo 5, y se puso a trabajar.

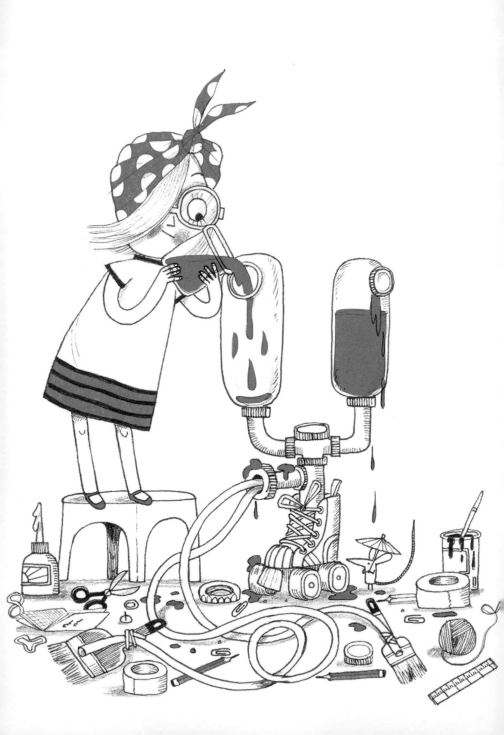

Al cabo de tres horas, terminó el primer modelo de su nuevo invento: el pintatón 1.

"Es extraño, pero tal vez funcione", pensó Rosa.

Colocó su caballete en el patio y puso el pintatón a un lado, en el suelo. Tomó sus lentes de seguridad y llamó a Cachivache, que la miraba desde una rama.

—¡Quédate ahí! —le gritó Rosa.

Cachivache dio una vuelta en el aire, aterrizó en su brazo y trinó.

—¡Yo también! —dijo Rosa.

Se puso los lentes de seguridad y llenó el tanque de pintura roja. Luego activó el interruptor con el pie. Una línea de pintura roja serpenteó por el tubo transparente y fluyó hacia la brocha. ¡Estaba funcionando!

Rosa se acercó al caballete, extendió la mano y...

¡ZAS!

¡PFFFFFFFFFFFFFFFFFFFFFF!

¡La manguera se zafó! Se sacudió en el aire como una cobra furiosa, salpicando pintura roja por todas partes. De un lado a otro. De arriba hacia abajo.

Rosa dio manotazos, pero no logró agarrar la manguera. La pintura le salpicó el vestido, la cara y los lentes de seguridad. ¡No podía ver por dónde iba!

Dio un paso y...

*¡CRAC!*

Rompió la pata del caballete con el pie.

—¡Guau!

Rosa tropezó y cayó de espaldas con un ruido sordo. El caballete se tambaleó y le cayó encima. *¡CRASH!*

Tirada en el suelo, bajo el caballete, suspiró.

Aunque sabía que el fracaso era parte de la ingeniería, no le gustaba. Las Remachadoras Rechinantes contaban con ella y no podía decepcionarlas.

Sacudió la cabeza.

—¡DETENTE Y PIENSA! —exclamó.

Rosa consideró lo que había fallado en la prueba: el tubo suelto era fácil de arreglar. Se sintió un poco mejor. Se hizo entonces otra pregunta: ¿qué había salido *bien* en la prueba? La bomba había logrado impulsar la pintura a través del tubo. Eso era importante. Iba por buen camino.

Rosa sonrió mientras el sol iluminaba sus lentes de seguridad pintados, que brillaron como vitrales.

"Al menos nadie me vio", pensó. "Eso es bueno...".

Entonces, oyó pasos.

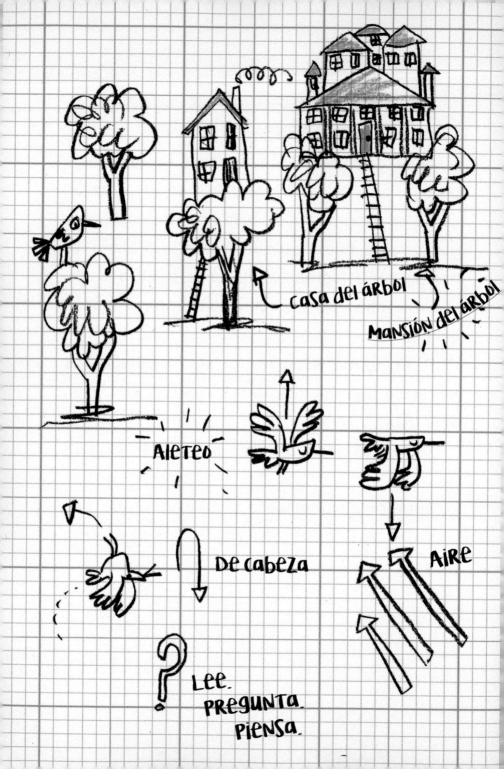

casa del árbol

MANSIÓN del árbol

Aleteo

De cabeza

Aire

Lee.
PREGUNTA.
PIENSA.

# CAPÍTULO 10

—¡Rosa! —exclamó Ada.

Rosa suspiró de alivio. Eran Ada y Pedro.

—¿Qué haces? —preguntó Pedro.

—Solo estoy pensando —dijo Rosa.

—¡Te ayudaremos! —dijo Ada.

Ada y Pedro apartaron el caballete y se sentaron en el suelo junto a ella. Alzaron la vista hacia el árbol y sonrieron. Al igual que a Rosa, les encantaba reflexionar sobre las cosas. Estaban llenos de preguntas. Bernice tenía razón: realmente eran preguntones.

—Ese árbol necesita una casa —dijo Pedro y pensó en cómo construir una.

—¿Por qué los pájaros viven en árboles? —preguntó Ada—. ¿Cómo vuelan los pájaros? ¿Pueden volar de cabeza?

Ada pensaba en árboles, en pájaros, en volar y en muchas otras cosas.

"Es bueno tener amigos", pensó Rosa.

Le alegraba que sus amigos hubieran llegado. Ellos la entendían y también comprendían lo que era enfrascarse en un proyecto. Ada Magnífica era científica y Pedro Perfecto era arquitecto. Siempre se ayudaban entre sí.

Los tres amigos estuvieron largo rato acostados a la sombra del árbol. Rosa les habló de las Remachadoras Rechinantes, de June que había tenido un accidente y del concurso de Arte sin fin. Tuvieron algunas buenas ideas. A Rosa la ayudaba mucho intercambiar ideas con sus amigos.

Rosa oyó un crujido que provenía de los arbustos. Se volteó y miró hacia el patio de la señora Lu, pero no había nadie.

—Es hora de volver al principio —dijo Rosa.

Ada miró el caballete roto y dijo:

—Necesitas uno nuevo.

—El caballete roto sería un excelente chalet para el gato de Ada —dijo Pedro.

Tenía razón. Al gato de Ada le encantaría tener una casita suiza en forma de triángulo llamada chalet. Mientras Pedro y Ada se llevaban el caballete, Cachivache bajó volando del árbol y se posó en el hombro de Rosa.

—¿Listo para el pintatón 2? —preguntó Rosa.

Cachivache trinó.

—Sí. Esto va a requerir mucha pintura —dijo Rosa—. Vamos a necesitar una cubeta más grande. Y más tubos plásticos.

Cachivache volvió a trinar.

—¡Tienes razón! —dijo Rosa—. ¡Necesitamos mucha cinta adhesiva! Montones y montones de cinta.

# MATERIALES NECESARIOS PARA EL PINTATÓN

GUANTES DE PINTOR

UNA GRAN CUBETA

CINTA ADHESIVA

TUBO PLÁSTICO

# CAPÍTULO II

Cuando llegó la hora de dormir, Rosa ya tenía un modelo básico del pintatón 2. Pero le quedaba mucho por hacer. Necesitaba unos guantes de pintor grandes y una bomba de mayor tamaño que June pudiera usar sin electricidad. Pero estaba muy cansada para seguir trabajando.

Se fue a la cama, pero no podía dormir. Estaba preocupada. ¿Qué pasaría si no terminaba a tiempo o el artilugio rociaba de pintura al público o alguien lo tiraba? ¿Qué pasaría si...?

—¡DETENTE Y PIENSA! —dijo Rosa en voz alta.

Rosa tenía una gran imaginación. Eso la hacía una gran ingeniera. Pero a veces, sus inquietudes iban demasiado lejos. Cuando eso ocurría, tenía que obligarse a parar y pensar de otro modo. Era un truco que la tía Rosie le había enseñado. La ayudaba a mantenerse enfocada y a sentirse mejor.

Rosa se relajó y respiró profundo. Ese era otro truco que conocía para calmarse. La luz de la luna entró en la habitación e iluminó su cama con un brillo grisáceo. Por fin, sintió los párpados pesados y se quedó... ¡TRIS! ¡CHAS! ¡RIS RAS!

Rosa se tiró de la cama de un salto y se asomó por la ventana. Los ruidos cesaron. Se esforzó por ver en la oscuridad. ¿Había una figura entre las sombras en el jardín de la señora Lu? Se frotó los ojos y volvió a mirar. Solo veía sombras.

El carrizo de las pampas brillaba débilmente a la luz de la luna y se mecía con la fresca brisa de la noche. De pronto, un escalofrío recorrió a

Rosa. Volvió a la cama y se cubrió hasta la barbilla con la manta.

Rosa se sacudió la imagen de la figura sombría y pensó en cubetas, bombas y pintura. Poco a poco, sus párpados se volvieron pesados. Entonces, por fin, Rosa Pionera se quedó dormida.

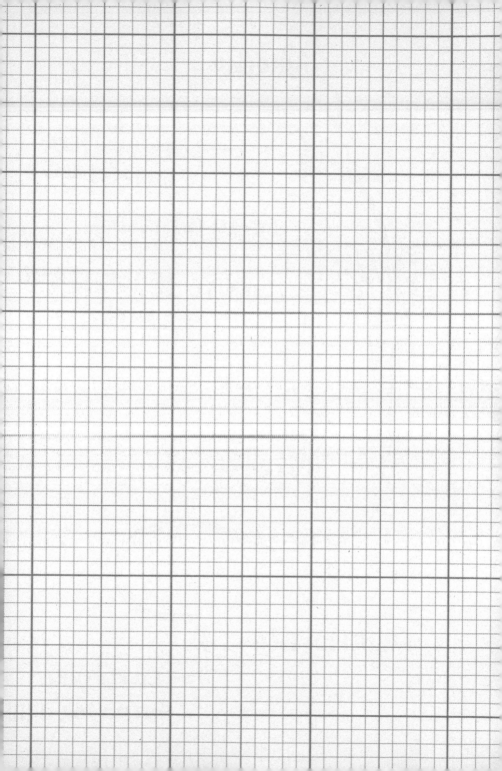

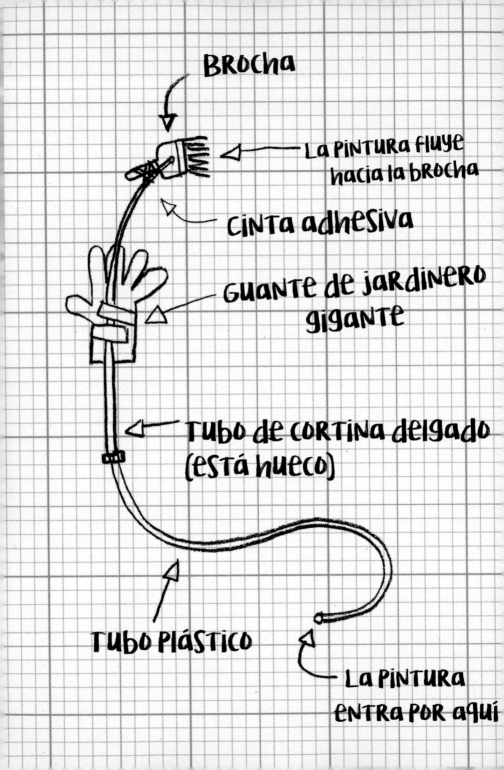

BROCHA

La PINTURA FLUYE
hacia la BROCHA

CINTA adhesiva

GUANTE DE JARDINERO
gigante

TUBO DE CORTINA delgado
(está hueco)

TUBO PLÁSTICO

La PINTURA
ENTRA POR aquí

# CAPÍTULO 12

Rosa despertó temprano y saltó de la cama. Faltaba un día para el Festival de Río Azul iy todavía necesitaba una bomba que funcionara! Salió. Pedro y Ada ya estaban en el patio, llenando frascos de pintura y agua. Estaban experimentando para obtener la mezcla perfecta.

—Si queda demasiado espesa, no va a fluir por los tubos —dijo Ada—. Y si es demasiado líquida, se escurrirá por el lienzo.

Rosa fue al traspatio a buscar una pequeña mesa para el pintatón. Sobre la mesa, había una gran cubeta azul llena de tubos plásticos y cinta adhesiva impermeable.

—¡Muchas gracias por conseguir estas cosas! —les gritó Rosa a sus amigos, pero ellos estaban demasiado ocupados para ponerle atención.

Mientras Rosa trabajaba en la bomba, Ada y Pedro experimentaban, y Cachivache trinaba desde el árbol.

Rosa unió unos delgados tubos para cortinas, procedentes de la tienda de objetos usados, a un enorme par de guantes de jardinero. Luego añadió las brochas, que eran lo bastante largas como para llegar a los bordes del lienzo. Después, con hilos, resortes y otros objetos, hizo un cambiador de pintura para que June pudiera cambiar de color mientras pintaba.

Ada y Pedro seguían progresando. Al cabo de dos horas, el equipo ya tenía la fórmula perfecta de pintura y un par de guantes-brocha. Tenían todo EXCEPTO una bomba.

Rosa seguía preocupada. Si no inventaba una bomba, el aparato no funcionaría. Peor aún, la sorpresa de June quedaría arruinada. ¡No podría participar en el concurso!

Rosa y sus amigos no podían permitir eso. Trabajaron y trabajaron. Probaron esto, aquello y lo de más allá. A medida que pasaban las horas, la paciencia de Rosa se agotaba.

— ¿Qué tal si nos tomamos un descanso? —dijo Ada—. Eso me ayuda a pensar mejor.

—Necesitamos más pintura —dijo Pedro—. Vamos a conseguirla.

—Vayan tú y Ada —dijo Rosa—. Yo voy a seguir trabajando.

¡PODEMOS HACERLO!

Ada y Pedro tomaron el carrito de Rosa y fueron a la tienda de arte Retoño Feliz.

Rosa miró el patio. Era un desastre. Había charcos de pintura en la hierba. Se volteó y, al dar un paso, metió el pie en una gran cubeta de pintura.

¡Plof!

Su zapato rojo quedó cubierto de pintura azul. La frustración hirvió en su interior. Quería tirar la cubeta y el pintatón a la basura.

—¡UF! —gritó Rosa y sacudió el pie para quitarse la pintura.

*¡ZUUUP!*

¡Su zapato salió volando! Atravesó el aire y cayó contra el árbol, a un lado de Cachivache. El pájaro trinó enojado y se fue volando.

—¡Lo siento, Cachivache! —gritó Rosa.

Persiguió al pájaro, dejando un rastro de huellas azules tras de sí. Pero Cachivache era demasiado rápido. A media manzana, Rosa se dio por vencida.

Se sentía frustrada y exhausta. No podía pensar bien, pero eso era exactamente lo que necesitaba hacer.

—¡DETENTE Y PIENSA! —se dijo.

Se sentó bajo un árbol. Respiró profundo y trató de calmarse. Eso la ayudó un poco.

"Ada tenía razón", pensó. "Necesito un descanso".

Rosa se levantó y caminó por la acera. Mientras caminaba, su ira fue desvaneciéndose, como sus huellas azules en el concreto. A cada paso, las huellas eran más tenues y su mal humor también.

Tenía esperanzas de que Cachivache la estuviera esperando en casa. Y ahí lo encontró. Pero no estaba solo.

PRESIÓN

El aire ENTRA POR EL RESPIRADERO

BOMBA de PiE

El aire SALE POR aquí

# CAPÍTULO 13

Cuando Rosa dobló la esquina, un extraño zumbido llenó el aire. Luego, alguien gritó:

—¡Y uno! ¡Y dos! ¡Y un, dos, tres, cuatro!

¡Y entonces comenzó a sonar la música! ¡Eran las hermanas McCallister, que estaban frente a la casa de Rosa en la caja de una vieja camioneta militar! El zumbido era la gaita de Heddie. Betty tocaba el órgano y Lettie, el acordeón.

Las Remachadoras Rechinantes bailaban en la calle, frente a la camioneta. Giraban y saltaban al ritmo de la música. La familia de Rosa y sus vecinos salieron de sus casas para unirse a la diversión.

Las Remachadoras cantaron:

*Podemos remachar, soldar y martillar:*
*y lo hacemos muy bien.*
*Hacemos barcos, camiones y aeroplanos*
*en la línea de ensamblaje.*
*¡Podemos hacerlo! ¡Podemos hacerlo!*
*Todas y cada una.*
*Aportamos nuestro grano de arena, desde el*
*    principio,*
*hasta terminar el trabajo.*

Cachivache voló en dirección a Rosa, dio una voltereta y regresó al órgano, donde el pájaro de la tía Rosie, Armatoste, trinaba al ritmo de la música.

—¡Hola! —dijo la tía Rosie cuando Rosa llegó—. Pensamos que te vendría bien una fiesta.

La tía Rosie llevaba el ritmo con su bastón.

—¿Cómo va todo? —preguntó.

—Estoy atascada —dijo Rosa.

—¡Quítatelo bailando! ¡Arriba! ¡Muéstranos unos pasos!

La música era pegajosa y, antes de darse cuenta, Rosa ya estaba marcando el ritmo con el pie. Empezó a bailar. Era un momento realmente alegre y, por unos minutos, se olvidó de la bomba.

Ada y Pedro regresaron con el carrito lleno de latas de pintura. Lo parquearon y se unieron al baile. Cada uno tenía sus propios pasos. Al poco rato, las Remachadoras ya estaban haciendo el rascacielos con Pedro. Ada les enseñó la molécula y Rosa las puso a dar vueltas con el giroscopio.

Rosa nunca había oído un trío como el de las hermanas McCallister. Sobre todo le encantó la gaita. Heddie soplaba en la boquilla para llenar una bolsa de cuero que luego apretaba con el brazo. Cada apretón hacía salir aire por el tubo musical. Sus dedos danzaban sobre los orificios para tocar una melodía de *jazz*.

Lettie estiraba el acordeón para que absorbiera aire. Luego lo estrujaba y presionaba las teclas para tocar notas. Bettie pisaba el pedal del órgano mientras sus manos volaban por el teclado. Cada instrumento absorbía aire y lo retenía hasta que se tocaba una nota. ¿Cómo funcionaba eso? ¿Por qué el aire no salía de los instrumentos en cuanto el bombeo se detenía? Algo impedía que fluyera en reversa.

Esas preguntas daban vueltas como música en su mente. No se dio cuenta de que había dejado de bailar. Estaba pensando, y ya casi tenía la respuesta.

¡De pronto, Rosa Pionera supo EXACTAMENTE lo que necesitaba! ¡Una válvula!

Durante la siguiente hora, las McCallister tocaron y cantaron mientras Ada, Pedro y la multitud bailaban al compás de la música. Nadie se dio cuenta de que Rosa se había ido.

La música llegaba hasta el traspatio, donde Rosa trabajaba sin descanso. No notó los leves chasquidos que seguían el ritmo de la música al otro lado del seto.

Estaba demasiado ocupada sonriendo ante el pintatón 3 para darse cuenta de nada.

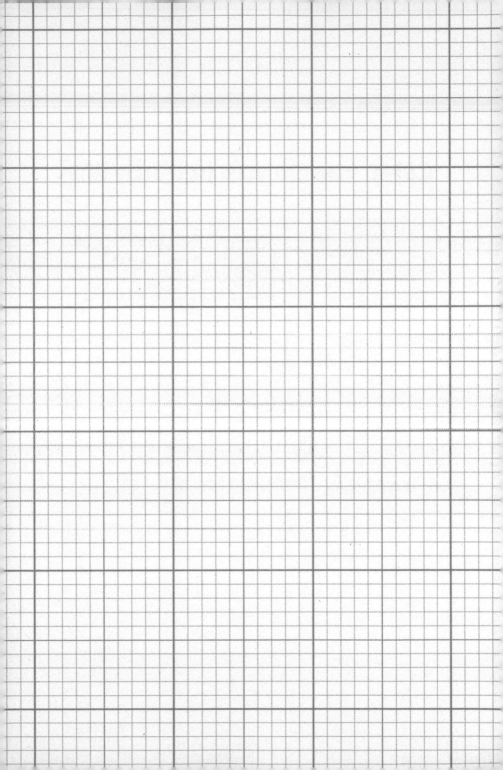

# CÓMO FUNCIONAN las VÁLVULAS

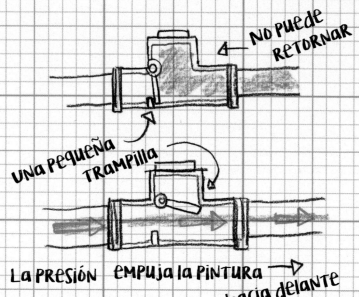

NO puede RETORNAR

UNA PEqueña TRAMPILLA

La PRESIÓN  EMPUJA la PINTURA → hacia delante

# CAPÍTULO 14

A la mañana siguiente, justo a las nueve, Ada y Pedro llegaron a casa de Rosa. Cargaron el carrito y lo cubrieron con una sábana. Luego se dirigieron a la biblioteca de Río Azul.

Alrededor del estacionamiento había una docena de lienzos. Rosa encontró a la tía Rosie, la Jefa, Marian y las hermanas McCallister en una esquina.

—¡Rosa! —exclamaron—. ¡Ada! ¡Pedro!

Justo entonces, llegó Bernice acompañada de una mujer que llevaba un ancho sombrero y las muñecas enyesadas. Tenía que ser June.

—Muy bien. ¡Aquí estamos! —dijo Bernice.

Le quitó el sombrero a June.

—¡Sorpresa! —gritaron las Remachadoras.

June miró todas las caras, asombrada.

—¡Qué? ¿Por qué...? ¿Qué está...?

—¡Es Arte sin fin! —dijo la Jefa.

June estaba impactada.

—Pero estoy enyesada —dijo, alzando los brazos.

—Las Remachadoras querían darte una sorpresa —dijo Rosa—.

Así que... ¡tarán!

Ada y Pedro retiraron la sábana del carrito. June parecía desconcertada.

—¡Es el pintatón 9! —dijo Rosa con orgullo—. Se necesitaron varios intentos, pero creo que por fin lo logramos.

June parecía aún más perpleja, pero trató de disimularlo.

—Pues gracias, querida. Siempre quise uno —respondió. Entonces le susurró a la tía Rosie—: ¿Qué es?

La Jefa sacudió la cabeza.

—¡Ay, tonta! —dijo—. ¡Los niños crearon un invento para que puedas pintar con los brazos en lugar de usar las manos!

Los ojos de June se llenaron de lágrimas.

—Yo... —dijo en voz muy baja y calló. Una lágrima rodó por su mejilla—. Ay, Remachadoras. Son las mejores. ¡Y ustedes tres! —les dijo a Rosa y sus amigos—. Ni siquiera sé qué... —su voz se ahogó mientras intentaba contener las lágrimas.

La Jefa carraspeó ruidosamente.

—¡Basta de cursilerías! —dijo sorbiéndose la nariz—. Ya saben que soy alérgica al llanto. ¡Me hace lagrimear los ojos!

June y las Remachadoras rieron a carcajadas.

De pronto, sonó un agudo chillido en el altavoz.

—¡Atención! —dijo un bibliotecario—. ¿Están listos para Arte sin fin?

—¡Sí! —gritó la multitud.

June se secó los ojos con la manga y sonrió.

—¡Sí, estoy lista! —dijo.

Les sonrió a Rosa, Ada y Pedro.

—Gracias a ustedes.

El bibliotecario anunció:

—¡Este año, el tema del concurso Arte sin fin es "Hogar"!

Sonó el silbato. ¡Era hora de empezar!

YO ♥ el queso

# CAPÍTULO 15

Rosa preparó el pintatón y ayudó a June a ponerse los guantes.

—¿Están bien? —le preguntó.

—Son raros, pero están bien —dijo June—. ¡Estoy lista para pintar! —Se paró frente al lienzo en blanco—. Esta es la parte más emocionante. ¡Me encantan las lluvias de ideas!

—¡A mí también! —dijo Rosa.

June pisó la bomba. Rosa, Ada y Pedro la miraban nerviosos. Las Remachadoras Rechinantes contuvieron el aliento.

Bombeaba y bombeaba.

No pasaba nada.

Bombeaba y bombeaba.

Nada.

Bombeaba y bombeaba.

A Rosa se le encogió el corazón.

Bombeó una vez más.

De pronto, la pintura empezó a correr por los tubos. ¡El pintatón funcionaba!

Las Remachadoras vitorearon y aplaudieron. June presionó el botón rojo con el pie. Un chorro de pintura roja mojó la brocha y dibujó un trazo suave y uniforme sobre el lienzo.

Después presionó el botón azul y un chorro de pintura azul mojó la otra brocha. La apoyó en el lienzo y empezó a pintar. El pintatón funcionaba de maravilla y June sonreía.

Entonces, dejó de sonreír.

"El único fracaso verdadero
llega si te rindes".
—Tía Rosie

# CAPÍTULO 16

—¡Ay! —se quejó June.

—¿Qué te pasa? —preguntó Rosa.

—Tengo el brazo adolorido —dijo June y volvió a levantarlo—. ¡Ay! Tal vez deba descansar.

Unos minutos después, volvió a intentarlo.

—Oh, cielos. Mis brazos están muy débiles.

A Rosa se le encogió el corazón.

June le sonrió, amable.

—Rosa, quiero que tú termines la pintura —dijo.

Rosa negó con la cabeza. Si alguien más pintaba, June quedaría descalificada.

—Rosa —dijo June con suavidad—. *Quiero* que pintes. De verdad.

Rosa la miró y supo que hablaba en serio.

—Lamento que sea demasiado pesado —dijo Rosa.

—El pintatón es perfecto —dijo June—. ¡Lo voy a usar para pintar mi cocina cuando mis brazos estén más fuertes!

Se rio a carcajadas y Rosa sonrió.

Rosa ajustó su pañoleta, recogió el guante izquierdo, y *¡PUM!*

Una idea apareció en su cerebro como un relámpago. ¡Y qué idea! Se quitó el guante y se lo entregó a la tía Rosie.

—¡No dejes que nadie toque ese lienzo! —le dijo—. ¡Vuelvo enseguida!

Entonces se fue corriendo calle abajo y desapareció.

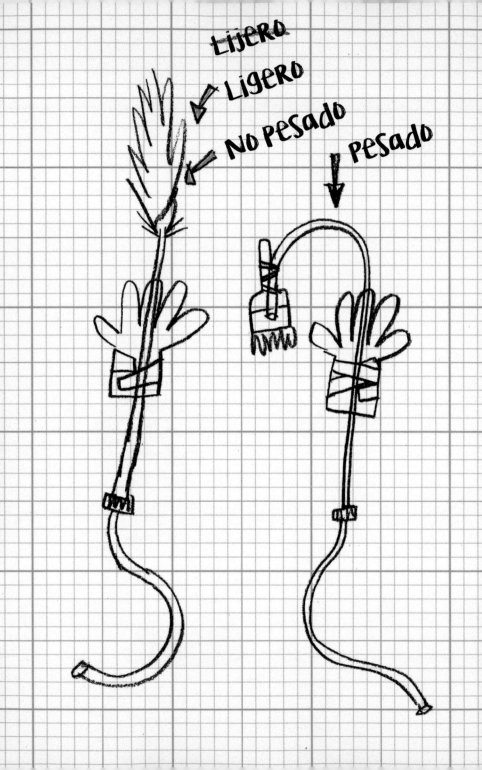

LIJERO

LIGERO

NO PESADO

PESADO

# CAPÍTULO 17

**R**osa corrió por la avenida de la Leche, cruzó la calzada Wells, y siguió hasta llegar a la calle de las Lluvias. Cachivache volaba detrás de ella. Se detuvo para recuperar el aliento y fue hacia la casa de la señora Lu.

Subió los escalones del porche. Entonces, volvió a respirar profundamente. Estaba nerviosa. Sabía cómo ayudar a June, pero necesitaba la ayuda de la señora Lu. ¿Y si decía que no?

Rosa deseó estar en la biblioteca con Ada, Pedro y las Remachadoras. Casi dio media vuelta para regresar, pero entonces pensó en June. Había prometido poner de su parte.

Tenía que ser valiente.

—Tú puedes hacerlo —se dijo a sí misma.

Cachivache se posó en su hombro y trinó.

—Ya sé —dijo Rosa y tocó el timbre.

Esperó. No hubo respuesta. Timbró de nuevo. Nada.

Golpeó la puerta con fuerza.

—¿Hola? —gritó—. ¿Señora Lu?

Silencio.

Se le encogió el corazón. Se volteó.

De pronto, Cachivache voló frente a ella. Agitó las alas con frenesí y dio una voltereta, impidiéndole el paso.

—¿Qué pasa? —preguntó Rosa.

—¡PÍO! ¡PÍO! ¡PÍO!

—¡Ya basta, Cachivache!

—¡PÍO! ¡PÍO!

CRAC.

Rosa oyó un ruido extraño a sus espaldas.

CRAC.

—¿Hola? —dijo una voz débil y chirriante. Provenía de una caja en la esquina del porche.

Rosa miró dentro de la caja.

—¿Hola? —dijo.

Un ganso metálico morado la observaba con sus ojos saltones.

CRAC.

—¡Quédate ahí! —dijo la voz chirriante. Provenía del ganso metálico.

Rosa se acercó más.

En ese momento, la puerta se abrió y la señora Lu salió con un extraño *walkie-talkie* en la mano.

—Lo lamento —dijo—. ¡Mi ganso parlanchín no está funcionando!

Presionó un botón en la espalda del ganso y otro en su aparato. El pico del ganso se abrió.

CRAC.

—¿Hola? ¿Hola? —dijo la señora Lu en su aparato y su voz salió por la boca del ganso—. ¡Así está mejor!

Luego lanzó el aparato a la caja y sonrió.

—¡Hola, Rosa! ¡Qué gusto verte! —dijo.

Rosa estaba impactada. La señora Lu era muy amable. Recordó que le había cerrado las cortinas en la cara y cómo se deslizaba por el jardín como una sombra.

Miró a su vecina y se sintió más nerviosa que nunca.

—Yo... —dijo—. Yo...

—¿Sí? —preguntó la señora Lu.

Rosa respiró profundo una vez más y recordó por qué estaba ahí.

—Necesito su ayuda.

La señora Lu sonrió.

—¡Pensé que nunca lo dirías!

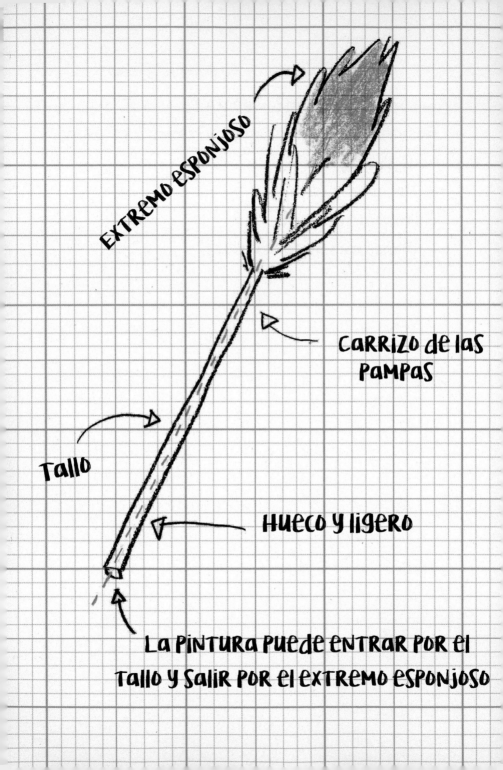

EXTREMO ESPONJOSO

CARRIZO DE LAS PAMPAS

Tallo

HUECO Y LIGERO

La PINTURA PUEDE ENTRAR POR EL Tallo Y SALIR POR EL EXTREMO ESPONJOSO

# CAPÍTULO 18

¡P¡II! ¡PIII!

El viejo *jeep* militar dobló la esquina y se dirigió hacia la biblioteca a toda velocidad.

Un montón de carrizos de las pampas iban saltando en la parte trasera del vehículo.

¡PIII! ¡PIII!

El *jeep* frenó en seco a solo unos pies del lienzo de June.

—¡Miren! —exclamó la Jefa—. ¡Es Agnes Lu!

—¡Y Rosa! —dijo Ada. Ella y Pedro corrieron hacia el *jeep*.

—¡Rosa! —dijeron—. ¿Qué pasa?

Rosa abrió la guantera y Cachivache salió volando. Trinó con alegría y voló hasta posarse sobre el lienzo.

—June necesitaba brochas más ligeras —dijo Rosa—, así que le pregunté a la señora Lu si podía usar unos tallos de carrizo de su jardín. ¡Y los cortó TODOS!

La señora Lu y Rosa bajaron del *jeep* y agarraron un montón de tallos de la parte de atrás.

—¡Agnes Lu! —dijo la tía Rosie—. ¿Qué le has hecho a tu hermoso jardín?

—No importa —dijo la señora Lu—. ¡Cuando una Remachadora necesita algo, pongo de mi parte! June necesita esto más que yo.

Se sacó unas tijeras de podar del bolsillo y recortó uno de los tallos.

—Son más ligeros que los tubos de cortina —dijo—, aunque yo también habría probado esos tubos. Era un buen diseño.

Rosa parecía confundida.

—¿Usted diseña cosas? —le preguntó.

La señora Lu rio.

—¡Pues claro! —dijo—. También soy ingeniera y las ingenieras tenemos que ayudarnos. ¡Por eso te dejé esa cubeta con tubos y cinta adhesiva!

Rosa pensaba que la habían dejado Ada y Pedro, o los recicladores Bee y Beau. Tenía muchas preguntas, pero no había tiempo de hacerlas. La tía Rosie y las Remachadoras se acercaron a abrazar a la señora Lu. ¡Todas la conocían!

—¡Tu pobre jardín! —dijo June—. ¿Cómo se te pudo ocurrir semejante idea?

La señora Lu alzó la mano.

—¡Ni una palabra más! —dijo—. ¡Es hora de pintar!

La señora Lu le entregó otro tallo de carrizo de las pampas a Rosa, que inmediatamente se puso a trabajar.

Momentos después, June ya estaba pintando de nuevo. Movía las brochas de un lado a otro. Era hermoso.

Entonces, ¡CRAC!, el tallo rojo se rompió.

—¡Ay, no! —dijo Rosa.

—¡Por eso trajimos más! —dijo la señora Lu.

COSAS QUE TIENEN
REMACHES

① BARCOS
② AVIONES
③ JEEPS
④ JEANS

REMACHE SÓLIDO

REMACHES
REDONDOS

REDONDO

HUNDIDO

PLANO

DE SARTÉN

REMACHES

# CAPÍTULO 19

Rosa puso un nuevo tallo en la máquina y June siguió pintando. A los pocos minutos, se rompió, pero ya Rosa tenía un reemplazo listo. A medida que se iban rompiendo, Rosa los reemplazaba.

Mientras tanto, Rosa, Ada y Pedro aprendían más sobre la misteriosa señora Lu. La Jefa explicó que la señora Lu había sido Remachadora en la fábrica de *jeeps* que estaba al otro lado del río.

—¡Yo misma hice este *jeep*! —dijo la señora Lu—. Durante la guerra, aprendí mucho sobre máquinas. Tenía ganas de inventar una ¡y eso hice! Desde entonces, no he parado.

Rosa estaba asombrada. ¡Todo ese tiempo había estado viviendo junto a otra ingeniera sin saberlo!

La señora Lu pareció leerle la mente:

—No lo sabías porque casi no salgo de la casa, excepto por la noche. Tengo una enfermedad de la piel que me hace alérgica a la luz del sol. Por eso uso esta ropa rara. No puedo exponerme al sol.

—¿Por eso siempre tiene las cortinas cerradas? —preguntó Rosa.

—Sí —dijo la señora Lu—. Pero tu tía Rosie me avisa cuando tienes algún proyecto y dono lo que puedo para ayudarte. Me alegra que te gusten las cajas que dejo en tu casa.

—¿Es usted la que hace eso?

—¡Claro! ¿Creías que era el hada de los dientes?

—¡Mejor dicho, el hada de las herramientas! —dijo la tía Rosie—. ¡Ay, qué buen chiste!

La tía Rosie se dio una palmada en la rodilla y soltó una carcajadas. Se rio hasta que le empezó a faltar el aliento y se le llenaron los ojos de lágrimas. Pronto, todo el grupo estaba riendo, y nadie lo hacía más fuerte que la señora Lu.

Rosa se dio cuenta de que se había equivocado. Había creído que la señora Lu era mala y misteriosa, y que ella no le caía bien. Tenía que haberle dado una oportunidad.

La señora Lu le sonrió y dijo:

—¿Sabes, Rosa? Me vendría bien tu ayuda con un aparato que inventé para lavar los platos. Es increíble.

—Eso suena muy bien —dijo Rosa.

—¡No! —dijo la señora Lu—. ¡Es increíble cómo rompe mis platos! ¡Ya casi no me quedan platos hondos!

Volvió a reír y Rosa también.

—Me encantaría ayudar —dijo.

—Es bueno ser vecina de una ingeniera —dijo la señora Lu.

Rosa le sonrió. Sí que lo era.

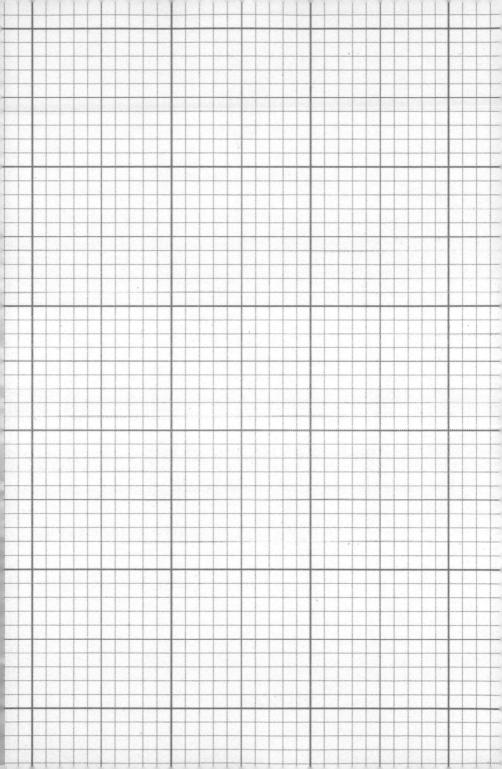

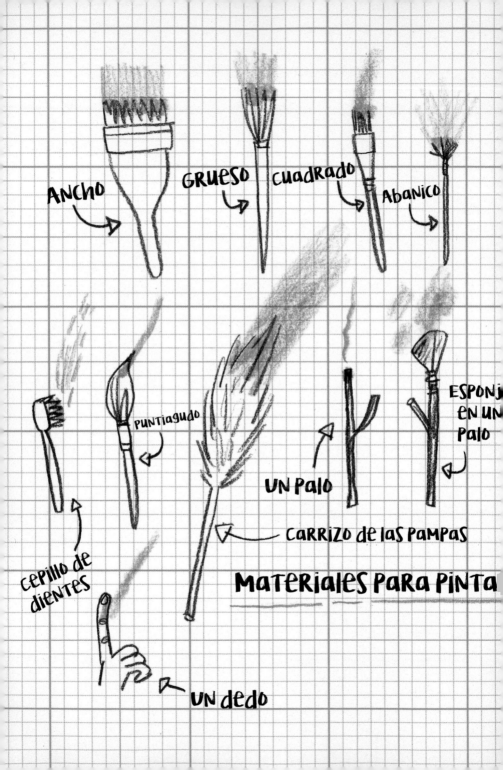

ANCHO

GRUESO

CUADRADO

ABANICO

PUNTIAGUDO

UN PALO

ESPONJ
EN UN
PALO

CEPILLO DE
DIENTES

CARRIZO DE LAS PAMPAS

MATERIALES PARA PINTA

UN DEDO

# CAPÍTULO 20

El estacionamiento estaba repleto de artistas y sus familias. Las hermanas McCallister y Marian tomaron prestado el micrófono de la biblioteca y cantaron para la multitud mientras los artistas pintaban. Hubo baile y risas. Todos estaban divirtiéndose mucho.

Sobre todo June.

Tenía una gran sonrisa mientras movía sus brazos de izquierda a derecha, hacia arriba y hacia abajo sobre el lienzo. El pintatón funcionaba de maravilla.

De pronto, June se estiró hacia arriba y...

—¡Ay! ¡Ay! —exclamó—. ¡Doble ay!

Arrugó la cara de dolor.

—¿Qué pasa? —preguntó Pedro.

—Tengo que parar —dijo June—. Me duelen las muñecas.

Rosa le ayudó a quitarse los guantes. Los miró con tristeza. El pintatón funcionaba bien, pero aun así no ayudaba a June. Toda la aventura había sido un fracaso.

Rosa frunció el ceño.

Pero June sonrió.

Luego rio un poco.

Y entonces soltó una carcajada.

Rosa estaba perpleja.

—¿Qué es tan gracioso? —preguntó—. ¡Tienes que renunciar!

—¿Quién está renunciando? —preguntó June—. ¡Tal vez yo no pueda pintar, pero ustedes sí!

—Pero si pintamos, no podrás ganar el concurso —dijo Rosa.

—Ay, Rosa —dijo June con voz suave—. ¿No te das cuenta? Ya gané. ¡Hacía años que no me divertía tanto!

Rosa sonrió. Pedro y Ada vitorearon, y las Remachadoras también.

—¡Vamos, terminemos la pintura juntos! —exclamó June.

Todos tomaron brochas y tallos de carrizo y se pusieron a pintar. Una vez que terminaron, dieron un paso atrás y admiraron el lienzo.

—Hogar, dulce hogar —dijo June—. Es perfecto.

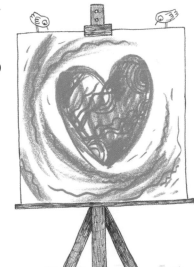

# Válvulas favoritas

1. De bola
2. De mariposa
3. De clapeta
4. De estrangulamiento
5. De compuerta
6. De aguja
7. De asiento

# CAPÍTULO 21

De pronto, la Jefa dio una fuerte palmada en el apoyabrazos de su silla de ruedas y las Remachadoras hicieron silencio. Luego, con un ademán les pidió a la señora Lu y a las Remachadoras que se reunieran a su alrededor.

Rosa, Ada y Pedro estaban de pie junto al lienzo.

—¿Qué pasa? —preguntó Ada.

—No sé —dijo Rosa—, pero creo que es algo serio.

Las Remachadoras se apiñaron, murmuraron entre sí y, por turnos, les lanzaron miradas furtivas a los chicos.

Por fin, el grupo se dispersó y la Jefa avanzó con su silla de ruedas hasta el lienzo. Las Remachadoras permanecieron en silencio detrás de ella.

La Jefa habló con voz fuerte y clara.

—Hablo por todas nosotras, incluida nuestra querida Agnes —dijo.

Agnes Lu sonrió y posó una mano en el hombro de la Jefa.

—Somos las Remachadoras —dijo la Jefa—. Aportamos nuestro grano de arena. Siempre lo hemos hecho y siempre lo haremos. Es lo que nos hace ser quienes somos.

Las mujeres sonrieron, orgullosas.

—Eso significa cuidarnos entre nosotras —continuó la Jefa—. Es lo que nos hace una familia.

June dio un paso al frente.

—Rosa, Ada y Pedro —dijo—. Hicieron algo importante al construir ese aparato. Ayudaron a alguien que ni siquiera conocían. Aportaron su esfuerzo.

—Sí que lo hicieron —dijo la Jefa—. ¡Y hoy, los declaro Remachadores honorarios!

Bettie, Lettie y Heddie McCallister dieron un paso al frente.

—Declaramos también que, a partir de ahora, nuestra casa es oficialmente su casa —dijeron—. ¡Y eso incluye todo el canto y el baile que aguanten!

—¡Podemos bailar mucho! —dijo Pedro.

—¡Cielos! —dijo Ada.

—Gracias —dijo Rosa.

—¡Tres hurras por Pedro y Ada! ¡Tres hurras por Rosa! ¡Tres hurras por los Preguntones!

**HOGAR** = SUSTANTIVO

UN lugar donde hay amor

# CAPÍTULO 22

Esa noche, Rosa guardó sus instrumentos de ingeniera bajo la cama como todas las noches. Se metió bajo las mantas y recorrió con la vista su habitación. Le encantaba su casa, pero lo que la convertía en su hogar eran Cachivache, sus tíos y tías, sus amigos y sus vecinos. Y ahora, las Remachadoras. Todos ellos eran su familia.

Pensó en las Remachadoras Rechinantes y en la señora Lu. Aunque vivían en muchas casas, su hogar era cualquier lugar donde estuvieran juntas. Eran mujeres increíbles y Rosa se sentía

orgullosa de conocerlas, y aún más orgullosa de ser una Remachadora honoraria.

Rosa escribió la última nota en su diario de ingeniera.

Le dio las buenas noches a Cachivache. Cansada, pero muy feliz, Rosa Pionera se quedó dormida y soñó los audaces sueños de una gran ingeniera.

PINTATÓN 6: RUINOSO REVÉS
PINTATÓN 7: INFAUSTO INFORTUNIO
PINTATÓN 8: DEMENTE DESATINO
PINTATÓN 9: ~~aciaga adversidad~~
~~fútil fiasco~~
¡UN FELIZ REENCUENTRO!

**válvula del iNodoro**

**Válvula del CORaZón**

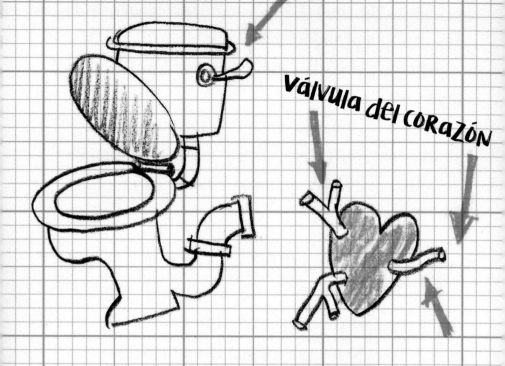

**Válvula de llaNta**

# ODA A UNA VÁLVULA

¿Qué es una válvula?
¿Para qué sirve?
Es solo una puerta
que deja pasar fluidos
por un tubo o manguera,
un caño, una vena,
e impide que fluyan
en sentido contrario.
Tiene válvulas tu inodoro
y también tu corazón.
Las tienen tus llantas
y muchas cosas más.
Así pues, no hagas caso
si te dicen que no fluyas:
es mejor que celebres
cuando uses el baño.

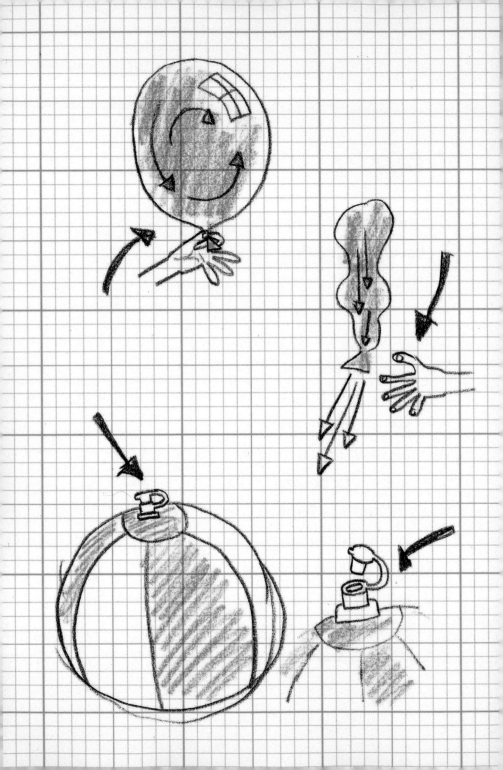

# SOBRE LAS VÁLVULAS

Si inflas un globo y lo sueltas, se le escapa el aire. Si inflas una pelota de playa y la sueltas, el aire se queda dentro. ¿Por qué? En el interior de la pelota, un pequeño pedazo de plástico bloquea el agujero e impide que el aire salga. Este mecanismo es una *válvula* muy simple.

Existen muchos tipos de válvulas, pero todas hacen lo mismo: controlan el flujo de líquido o gas a través de un tubo o conducto. Cuando abres la llave, una válvula se abre y deja que el agua pase. Tu estufa y tu parrilla tienen válvulas que controlan el paso de gas a las hornillas. Incluso tu inodoro tiene válvulas que permiten que el tanque se llene de agua para que puedas descargarlo cuando lo necesites. ¡Eso es importante!

¿Hay válvulas en tu bici? ¿En tu auto? ¿En una trompeta? ¿Y en tu cuerpo?

¡La respuesta es sí!

¡Tu cuerpo tiene más de cincuenta válvulas que hacen que los fluidos se desplacen en la dirección correcta! Algunas válvulas de tu cuerpo son anillos de músculos que se contraen. Otras son pedazos de tejido que impiden que la sangre fluya de regreso a tu corazón. ¡Qué bueno que tienes válvulas!

# SOBRE LAS REMACHADORAS

**D**urante la Segunda Guerra Mundial, millones de mujeres de Estados Unidos, Reino Unido, Australia, Canadá, Nueva Zelanda y otras naciones aliadas trabajaron para proveer la comida y el equipo necesarios para la guerra. Algunas trabajaron en granjas. Otras en negocios y fábricas. En Estados Unidos, el símbolo que representaba a estas obreras de las fábricas era Rosie la Remachadora, un personaje que llevaba una pañoleta en la cabeza y cuyo lema era "¡Podemos hacerlo!".

Las remachadoras usaban unas piezas metálicas —remaches— para unir las planchas de metal. Ellas y otras obreras construían barcos, aviones, tanques y *jeeps*. También fabricaban armas y municiones. Las fábricas estadounidenses estaban abiertas día y noche, y las trabajadoras fabricaron más de trescientas mil aeronaves, ochenta y seis mil tanques y dos millones de camiones militares a lo largo de la guerra.

Las mujeres comenzaron a trabajar en las fábricas después de que muchos hombres se fueran a combatir a Europa, África y Asia. Eran empleos bien pagados. Dieciocho millones de mujeres estadounidenses trabajaron durante este período. La mayoría eran pobres y, antes de la guerra, tenían empleos mal pagados. De ellas, unos seis millones eran amas de casa y nunca antes habían trabajado fuera de su hogar. Que tantas mujeres se incorporaran a la producción industrial fue un gran cambio para Estados Unidos.

El trabajo industrial era difícil y peligroso. A las mujeres se les pagaba menos que a los hombres que habían desempeñado esos mismos trabajos, y las mujeres de color eran aún peor pagadas que las blancas. También sufrían racismo en el trabajo y, a menudo, se les asignaban las tareas más peligrosas.

El trabajo de las remachadoras ayudó a los aliados a ganar la Segunda Guerra Mundial. Al terminar el conflicto bélico, muchas fábricas cerraron. Otras les devolvieron los trabajos a los hombres que regresaban de la guerra. Aun así, ahora el país sabía que las mujeres podían hacer todo tipo de trabajos.

Rosie la Remachadora y sus homólogas de la vida real marcaron una gran diferencia durante la guerra. Además, ayudaron a darle forma al movimiento por los derechos civiles y a la lucha por los derechos de las mujeres.

Tía bisabuela Rosie

¡Hizo aviones hace muchos años!

Bernice

¡Viajó por todo el mundo!

Jefa

¡Nació en otro país!

# PIENSA EN ESTO

**P**iensa en todas las cosas que has hecho en tu vida. Ahora, ¿puedes imaginarte todo lo que habrás hecho cuando tengas la edad de la tía bisabuela Rosie, Bernice o la Jefa? Tendrás muchas historias interesantes que contar.

Piensa en las personas mayores que forman parte de tu vida y del lugar donde vives. Tómate el tiempo para preguntarles sus historias. ¿Quién sabe? ¡Tal vez una de ellas fue una Rosie la Remachadora o conoció a alguien que lo fue!

# SOBRE LA AUTORA

**Andrea Beaty** es la autora de *Rosa Pionera, ingeniera*; *Ada Magnífica, científica*; y *Pedro Perfecto, arquitecto*; así como de las novelas *Dorko the Magnificent* [Dorko el magnífico] y *Attack of the Fluffy Bunnies* [El ataque de los conejitos esponjosos]. Estudió biología y ciencias de la computación, y pasó muchos años trabajando en la industria informática. Ahora escribe libros para niños en su casa de las afueras de Chicago.

# SOBRE EL ILUSTRADOR

**David Roberts** ha ilustrado muchos libros, entre ellos *Rosa Pionera, ingeniera*; *Ada Magnífica, científica*; y *Pedro Perfecto, arquitecto*; así como *Happy Birthday, Madame Chapeau* [Feliz cumpleaños, señora Chapeau]. Vive en Londres, donde, cuando no está dibujando, le gusta confeccionar sombreros.